♥IREAD

小豆子的繪畫學校

文　　　字	大衛·卡利
繪　　　圖	賽巴斯提安·穆藍
譯　　　者	林幸萩
責任編輯	郭心蘭
美術編輯	郭雅萍

發 行 人	劉振強
出 版 者	三民書局股份有限公司
地　　　址	臺北市復興北路 386 號 (復北門市)
	臺北市重慶南路一段 61 號 (重南門市)
電　　　話	(02)25006600
網　　　址	三民網路書店 https://www.sanmin.com.tw

出版日期	初版一刷 2021 年 10 月
書籍編號	S859741
I S B N	978-957-14-7293-5

L'école de dessin de Petit Pois
Copyright © 2021 Davide Cali
Copyright © 2021 Sébastien Mourrain
Copyright © 2021 Comme des géants, Varennes, Canada
Traditional Chinese copyright © 2021 by San Min Book Co., Ltd.
This edition was published by arrangement with The Picture Book Agency,
France and Ye Zhang Agency.
ALL RIGHTS RESERVED

小豆子

的 繪畫學校

大衛・卡利／文

賽巴斯提安・穆藍／圖

林幸萩／譯

三民書局

你認識小豆子嗎？

他是一位偉大的藝術家。

大家都好喜歡他！

他每天待在工作室裡認真的畫畫。

在小豆子的工作生涯中，

他畫了各式各樣的東西。

一整套的花卉郵票？

有的。

昆蟲郵票？

也有。

山岳郵票？

　當然有。

那樹木郵票？

　肯定有。

經常有年輕的畫家來尋求小豆子的建議。

「嗯……很有意思啊！」他鼓勵他們。

「小豆子，你應該開一所繪畫學校。」一位朋友建議。

這或許是個不錯的點子！

那天晚上，小豆子難以入眠。

開辦學校的想法在他的夢中成形……

一覺醒來，他便下定決心要創辦一所繪畫學校。

真是太棒了，小豆子！

你們看，他已經掛上招牌了！

接下來就是要找到學生。

來報名參加的學生，很快就大排長龍。

「歡迎！你畫畫很久了嗎？」

「沒有。」

「你最喜歡什麼顏色？」

「好吃！」

「你喜歡郵票嗎？」

「呃！什麼？」

這一天結束時，

小豆子有了第一批學生。

隔天早上，

繪畫課開始了。

學生們開始畫畫。

有些畫得非常好……

……有些則不太有天分。

像是狼蛛。

狼蛛非常自律。

她早上總是準時出現，個性也很好相處。

不過其他方面……

……就是一場災難！

如果要畫一顆蘋果……

她會畫出別的東西。

畫貝殼時……

她畫得完全不像。

主題是鳥時……

她卻畫了鳥籠！

狼蛛的作品都很奇怪，畫畫可能不是她擅長的事。

應該要告訴她，對吧？

要讓狼蛛放棄當藝術家的夢想並不容易。

小豆子會怎麼做呢？

小豆子決定安排一趟美術館之旅。

他租了一輛大車前往。

那裡有很多人！

還有很多展覽廳可以參觀！

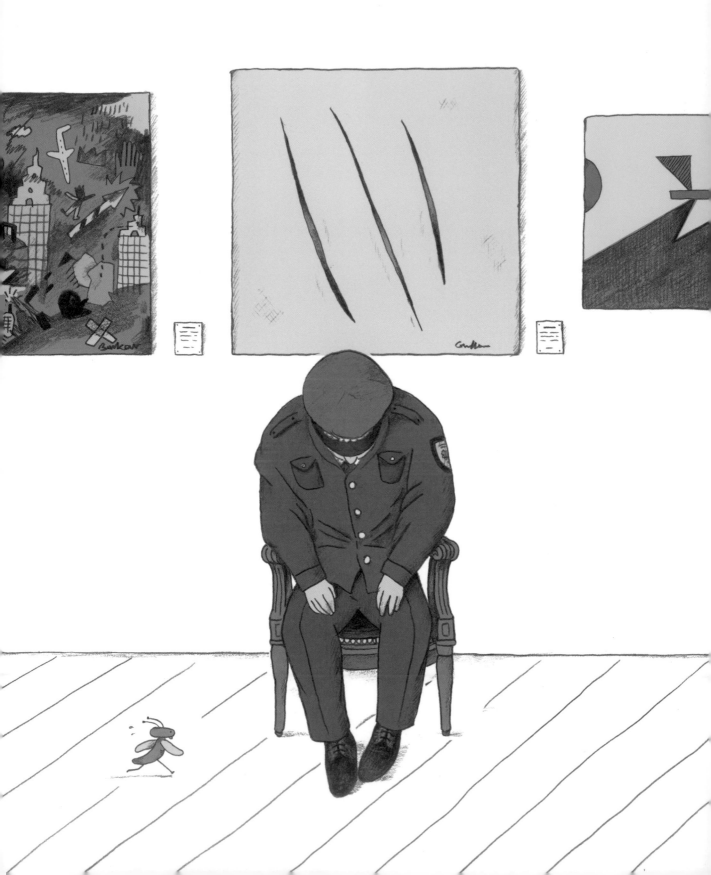

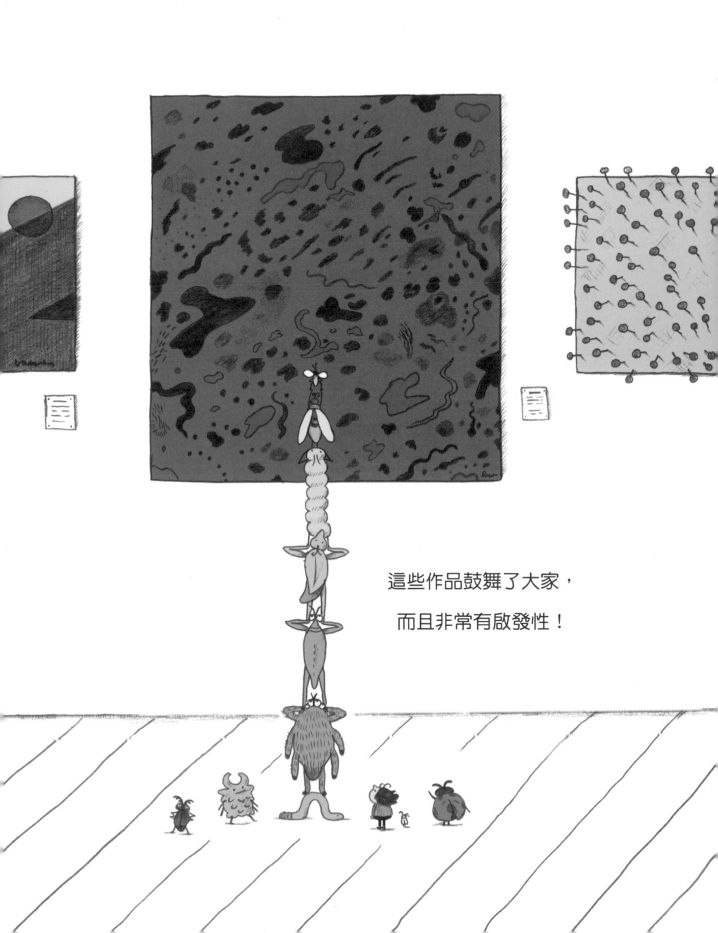

這些作品鼓舞了大家，
而且非常有啟發性！

幾個月過去了，

學生們正準備著年終作品展。

是一場肖像畫展！

他們都有很大的進步！

小豆子對每個學生的作品給了評論。

「我看看，我看看……」

「嗯……」

「非常好。」

「很有趣！」

「有個人特色！」 「畫得很好！」

「這該怎麼說呢？」

小豆子來到
狼蛛的作品前。
讓我們一起看看
她畫了什麼⋯⋯

「妳竟然偷偷畫了這個作品！

實在太不可思議了！」

狼蛛的朋友都又驚又喜！

繪畫學校第一年的課程結束了。

小豆子的每一個學生都很成功！真是太棒了！

但你認為誰最出色？

毫無疑問——就是狼蛛！

這一年，學生們學會了繪畫，

但是他們的老師小豆子，

也學到了一件很重要的事情──

你很難一眼就認出一位偉大的藝術家！